혼자가 가장 완벽하고 아름답지만
혼자가 아니어도 꽤 좋은 시간

권준호
시집

혼자가
가장 완벽하고
아름답지만
혼자가 아니어도
꽤 좋은 시간

달아실
시선
10

※ 본문에서 한 연이 첫 번째 행에서 시작할 때는 < 표기를 한다.

시인의 말

가끔, 먼 길 떠날 때
먼 길 떠나고 싶을 때
차 안을 노래로 가득 채운다.
긴 세월 듣고 들어 온 익숙한 노래들.
그리고 가끔, 내 곁엔 이 노래들밖에 없다는 생각을 한다.
주섬주섬 기억을 더듬어 가을 여행에 함께 할 노래들을 담는다.

My Hometown _ Bruce Springsteen
The Coldest Days Of My Life _ Timmy Thomas
Anything That's Part Of You _ Elvis Presley
Sometimes My Love _ Hanne Boel
Autumn Leaves _ Bob Dylan
I'm A Fool To Want You _ Billie Holiday
Laura _ Ace Cannon
Je T'Aime Moi Non Plus _ Jane Birkin & Serge Gainsbourg
She's Gone _ Black Sabbath
안개 낀 장충단 공원 _ 배호
Samba Pa Ti _ Santana
I Can't Stop Loving You _ Ray Charles
Still I'm Sad _ The Yardbirds
……

2018년 가을, 춘천에서 권준호

차례

1부

춘천같이 슬픈

성현이가 준 십 원

국민학교 오 학년 때
늘 조용한, 성현이란 친구가 있었다
왜 그랬는지 알 수 없었지만
친구는 매일 내게 십 원씩 갖다 주었다
나는 설탕뽀끼집 단골이 되었다

소풍날
점심시간이 됐는데도 엄마가 오지 않았다
친구들이 보이지 않는 곳으로 숨어
소나무에 기대앉았다
혼자 울먹이고 있는데 성현이가 왔다
싫다고 하다 성현이를 따라갔다

성현이 할아버지와 셋이
맨밥 도시락을 나눠 먹었다
늦게 엄마가 가져온 김밥과 사이다도 함께 먹었다
십 원은 매일 손자에게 준 용돈이었다

이 별은 멀미가 심해

여행의 멀미가 심해진다
돌아가고 싶다

몇 광년인진 기억나지 않는다
이 별까지 순간이동시켜 준 아부지 엄마는
당신들의 별로 돌아갈 준비 중이다
아부지는 아부지가 온 별을 기억해 내려는지
세상의 기억을 놓는 일이 잦아졌고
그런 아부지를 지키는 엄마는
떨리는 잇몸으로 밥알처럼 기도문을 궁굴린다

배웅 둬여야겠지만
나도 돌아가 쉬고 싶다
이 별 위에서 중심 잡고 서 있기 힘들다
아름답긴 한데 아름답지 않았고
가고 싶었는데 괜히 갔었노라고
가서 말하기 참 망설여지는데,

아부지도 그래서 조금씩
세상의 기억을 지우고 있는지 모른다

이젠 이 별의 중력이 버거워
눈을 감으면 현기증처럼 별들의 길이 열린다

잃어버린 향기를 찾다
— 역逆 프루스트

점심상에 올라온 냉이무침, 쑥국
식당 아줌마가 직접 캐 온 봄이란다
네, 향이 끝내주네요 라고 못 하고
그냥 끝내주네요 라고 했다

어, 왜 이래?
향기들이 까치발을 하고
코 천장의 센서를 향해 팔을 휘젓였을 것이다
나는 켜지지 않는다

봄을 꼭꼭 씹었다
아무리 씹어도 알 수 없는
냉이 향이 솔솔 퍼졌을 것이다
쑥 향기가 톡톡 터졌을 것이다

센서가 고장 난 지 오래됐지만
느낄 수 없다고
없는 것 아닌

존재들

아지랑이처럼 피워 올린 어린 날
저녁상에 올라온 쑥범벅, 달래무침,
엄마의 밥상에서 향기가 살아왔다
향긋한 봄이었다

엄마가 버무린 봄 앞에서
무거운 수저를 들고 웃던 내가
다시 소리쳤다
아줌마, 향이 끝내주네요

* 역逆 프루스트: 향기가 기억을 이끌어 내는 것을 프루스트 현상(Proust phenomenon)이라 하고, 기억이 냄새를 이끌어 내는 것을 역逆 프루스트 현상이라고 한다.

조때루 괴기 잡을랴구

사십여 년 전, 키만 한 족대를 메고
친구와 만천리萬泉里 물고기 잡으러 갔다
밤꽃 내 흐르는 개울가에
개망초꽃들이 하얗게 재잘거렸다
둑길에서 만난 할아버지 빙긋 웃으며,
조때루 괴기 잡을랴구?
앞니까지 빠진 그 할아버지 멀어질 때까지
꾹꾹 웃음을 참다가
조때루 괴기 잡을랴구? 연신 흉내 내며
바람에 흔들리는 강아지풀처럼 깔깔댔다

경월 사 홉들이 빈 소주병 들고
친구와 만천리 메뚜기 잡으러 갔다
수놈이 올라탄 쌍메뚜기 쫓다가
논 한가운데까지 들어갔다
논 주인한테 잡혀 삐질삐질 혼나고 있을 때
병 속의 메뚜기들도 겁을 먹고 난리가 났다
젊은 농부는 왼손으로 병 모가지를 잡고

오른손 손바닥으로 병 주둥이를 내리쳤다
퍽, 병 밑바닥이 떨어져 나가고
메뚜기들은 뿔뿔이 흩어졌다

이젠 조때루 잡을 물고기도 없고
젊은 농부도 메뚜기도 없는 만천리,
만 개의 샘들은 다 어디로 숨었을까
만천사거리의 상습 정체 해소를 위해
좌회전 전용 차로를 신설한단다

오래된 일기

입시를 앞둔 빡빡머리 중3이지만
영화가 보고 싶었습니다
친구와 극장을 빠방틀기로 했습니다
극장 뒤편 담을 기어올라
화공실 지붕 위를 지나
화장실 창문으로 들어가야 했습니다
자근자근 양철지붕에 발자국 소리가 찍혔습니다

화공은 붓을 들어
우리 이마에 글씨를 썼습니다
극장 입구에 세워진 우릴 보고
사람들은 웃었습니다
이마 위의 붉은 낙인은
'빠방'이었습니다

몰래한 사랑은
들키면 안 됩니다

* 빠방틀다: 극장이나 기차 등을 표 없이 몰래 들어가거나 타는 행위를 가리키는 속어.

이름 모를 소녀

나는 일찍 교복을 벗은 열아홉 시골 소년이었다
아무 때나 아무 데를 갈 수 있었다
서울 홍제동 친구 집에서 사당동 이모 집 가는 89번 버스,
차장 아가씨는 정류장마다 사람들을 구겨 넣고
운전사는 페달을 밟았다 뗐다 사람들을 쟁였다
옆의 여학생 가방 버클이 계속 장딴지를 찍어댔다
낑긴 몸은 다리 한 짝조차 꿈적할 수 없었다
가방을 뺏었다
눈이 똥그래진 여학생
가방을 차창 옆자리의 여학생 무릎 위에 놓았다
봄비 젖은 동작대교를 건너고
봄비 머츰한 흑석동 고개를 넘으며
차가 여러 번 흔들리는 사이
여학생은 자리를 옮겨
내 등에 손을 얹고 기댔다
손가락으로 글씨를 적어나가는데
도무지 알 수 없었다
차가 흔들릴 때마다

등에 붙은 두 손이 심장까지 쓰다듬었다
고개 한 번 못 돌리고 먼저 내려야 했고
춘천으로 돌아온 후
라디오에서 흘러나온 이름 모를 소녀를
오랜 세월 가슴속에 낑겨두고 흥얼거렸다

* 머츰하다: 눈이나 비가 잠시 잦아들어 멎는 듯하다.

동시상영

다섯 살이었나 여섯 살이었나
엄마 손 잡고 처음 극장에 갔다
시내에서 떨어진 우울한 극장이었다

담배 연기가 영사기 불빛을 타고 퍼졌다
그즈음 아버지는 집에 잘 안 오셨다
가끔 고개를 돌려 엄마를 쳐다보았다

아버지가 서울에 무얼 숨겨놓았는지
엄마는 말해주지 않았다
두 번째 영화가 시작됐다

복면 무사가 달밤에 담장을 뛰어넘었다
마당을 사샤샥 가로질러 대청에 올랐다
매화가지 꽃송이들이 보름달을 파고들었다

아무것도 모르던
다섯 살이었나 여섯 살이었나

엄마 손 잡고 극장에 갔었다

세월이 한참 지난 뒤에야
알았다
사랑을 동시상영하면 너무 슬프다는 걸

소양로 1969

오후 다섯 시면 포성이 울렸다
미군부대 성조기를 내릴 때다
그제야 소양로는 슬슬 기지개를 켰다
동네 꼬맹이들부터 나풀나풀 모였다
'기브 미 쪼꼬렛'은 한물간 구식
물건에서 화폐로 진보한 우리의 기대는
미군 전용 클럽 앞, 공터에서 실현되곤 했다
두 팔을 들고 '우전'을 외치면 하얗거나 까만
미군 병사가 하늘로 한 줌의 동전을 날렸다
한 줌, 한 줌, 비처럼 쏟아지는 동전들
흙바닥에 떨어져 사방팔방 굴러가는 동전들을 향해
어린 육체보다 더 슬픈
황혼, 두견, 소양강 처녀보다 더 슬픈
십 원짜리 동전들을 향해 우리는 몸을 날렸다
무르팍이 찢기고, 팔꿈치 피딱지가 다시 벗겨지던
그 순간 우리의 아트만은
그 누런 동전과 밀접했다

<

강 건너 노을 속으로
삐걱 삐걱 새들이 스러지면
누나들은 예쁘게 화장을 했다
캠프페이지 앞 빅토리, 세븐클럽이
죠니원, 훌라밍고, 스칼라, 레인보우가
또 하룻밤 환락의 네온등을 켰다
어둠은 쏼라쏼라 깊어가고
클럽 환기통은 쉴 새 없이 양키 냄새를 토해냈다
뒷골목 붉은 장미들은 노을에 취한 새들처럼
컴 온 베베 컴 온 베베
누나들의 육체보다 더 슬픈,
동백꽃, 맹세, 멍든 가슴보다 더 슬픈,
일 딸라, 오 딸라, 십 딸라를 위해
소양로는 몸을 던졌다
미국의 우전조장雨錢助葬을 꿈꾸던
그때 소양로의 브라만은
그 노린내 나는 딸라와 밀접했다

* 어린 육체보다 ~ 처녀보다 더 슬픈: 진이정의 「아트만의 나날들」 중에서

그때, 예부룩

춘천에 고슴도치섬이 있었다 거기 안개 공장 예부룩이 있었다 눈 속에 묻혀 잠망경 같은 굴뚝으로 안개를 뿜어냈다 안개들은 섬을 덮고 강을 건너 도시로 들어갔다 도시의 골목에도 안개들이 살고 있었다 하수구 맨홀 구멍을 빠져나온 안개들을 모아 섬으로 데려왔다 예부룩 주인은 안개들의 차가운 가슴을 조곤조곤 만져주었다 겨울밤 고슴도치섬엔 예부룩이 전부였다 스스럼없이 저마다 낡고 해진 시간들을 꺼내 기웠다 가끔은 오케스트라마저 물리고 에바 캐시디나 브루스 스프링스틴을 불러 밤바다 조각달같이 취해 흘렀다 낭만 예술 추억 같은 촌스러운 유물들이 촛농처럼 흘렀다가 굳었다가 스러졌다 유리창에 달라붙은 안개의 입술들이 성에꽃으로 피어 번졌고 커피 향을 휘젓던 바이올린 선율이 그 차디찬 키스의 무늬에 부딪혀 반짝였다 겨우내 안개가 드나들던 예부룩은 해빙을 기다리던 정박선이었다 고슴도치들과 함께 추방당하기 전까지 잠망경 같은 굴뚝으로 세상을 보던, 섬 안의 섬, 예부룩이 있었다

쌔드 무비 1983

안개와 오월의 강가를 걸었다
강 옆 활주로에 불시착한 중국 민항기가 보였다
안개는 겨울 여행이 좋다고 했다

첩첩 하얀 산을 그렸다
고불고불 길을 내고
바다로 가는 느린 버스도 하나 그렸다
갈매기,
저녁 햇살,
작은 모닥불, 불꽃은
파도 소리를 잡으려 쉼 없이 팔을 휘젓고
안개의 마음을 잡으려는 나는
나를 어찌 그려야 할지 알 수 없었다

아는 DJ가 자리를 옮겼다기에 들른 다방,
안개가 있었다
턱을 괴고 나를 바라보고 있었다
안개 옆에 앉은, 내가 아닌 나를……

<

관객석은 언제나 어두운 법
더욱 짙은 어둠이 되어
그 따뜻한 공연을 지켜보았다
머뭇머뭇 신청곡을 적었다

아름다운 밤, 함께 들으실 다음 노래는 슈 톰슨의 쌔드 무비입니다…… 극장에 갔는데 사랑하는 사람이 다른 사람과 영화를 보고 있었다네요…… 쌔드 무비즈 올웨이즈 메이크 미 크라~이, 슬픈 영화는 언제나 날 울게~ 합니다……

아무것도 모르는 DJ는
까만 LP판에 바늘을 얹고
내게 미소를 보냈다
안개도 행복하게 웃고 있었다

저 죽을 사람 아닙니다

좀 보내주세요 야간통행금지도 풀렸는데 왜 다리는 못 건너게 합니까 몇 번을 말해야 돼요 제가 죽으려고 가는 사람 같아요? 아니라구요 강남백화점 앞 미용실에 만날 사람이 있어요 술 좀 마셨지만 저 죽을 사람 아닙니다 저 춘천에서 왔어요 춘천에도 명동이 있는데 거기 한 시간만 서 있으면 아는 사람만 수십 명 만나요 이 친구 저 친구한테서 동전 모아서 중앙시장 가서 저녁 대신 막걸리로 배를 채웠더니 여자 친구가 보고 싶어진 겁니다 춘천역에서 표 끊고 전화를 했죠 나 지금 서울 간다 돌아올 차비는 없으니 성북역에 도착 시간 맞춰 나와 있어라 하고 서울 온 거예요 근데 눈 떠보니 청량리더라구요 시간은 새벽 한 시가 넘었구요 술 취해 잠든 나를 객차 청소하는 아줌마가 깨운 거예요 시내버스는 끊기고 미용실에 전화해도 안 받고 택시비는 없고 해서 잘 알지도 못하는 서울 길 이정표 보면서 남쪽으로 남쪽으로 걸어가는 중입니다 이 연탄난로 따뜻하고 좋네요 보리차도 구수하구요 술은 좀 깼지만 배도 고프고 여기까지 걸어오는 동안 엄청 추웠어요 봐봐요 친구 주려고 춘천서부터 가져온 귤입니다 양쪽 주머니에 하나씩 넣고 오다가 얼마나 조몰락거렸는지 완전 말랑말랑해졌어요 죽을 놈이 뭐 하러 귤 같은 거 챙겨 갖고 다니겠어요 좀 보내주세요 근데 여기서 강남백화점까지 걸어서 얼마나 걸려요? 저게 불빛인가? 여명인가? 해가 뜨려는 거 아니죠? 아 진짜 좀 보내주세요

잠자리의 여름 일기

한 가족이 나들이 왔다
어깨에 양손에 짐이 가득한 아버지
가늘게 콧수염이 나기 시작한 아들
토끼만 한 센둥이를 안고 있는 엄마

아버지가 낚싯대를 폈다
아들을 위한 짧은 낚싯대도 폈다
엄마는 아들이 편 돗자리 위에서
빨간 자두 하나 먹고 잠들었다

아들이 피라미를 잡았다
등 뒤 풀밭으로 집어던졌다
풀잎에서 졸던 친구들이 놀라 날아올랐다
호수 위를 맴돌다 제자리 찾아 앉았다
다시 3억 년 전의 기억을 더듬기 시작했다

강아지가 켁켁거렸다
피라미가 목에 걸렸다

어떡해 우리 애기 미안해 엄마가 못 봤어
아들에게 남편에게 고함을 쳤다
호박돌이 깨진 줄 알았다
아버지와 아들이 한참을 혼나다가
조용히 낚싯대를 접고 일어섰다

한 가족이 떠났다
버들가지 그늘이 물살에 찰랑댔다
하얀 구름도 찰랑댔다

* 센둥이: 하얀 털의 강아지

청춘이 겨울이었으니

복숭아 농사짓는 친구가
제집이 무릉이란다
봄술에 젖어보잔다

날리는 꽃잎 사이로 과수원을 올랐다
언덕 중턱 움막 앞에서
알전구 하나가 무릉을 밝히고 있었다

친구 아내의 친구라는 그니와
마주한 순간,
날리던 꽃잎이 허공에 멈췄다

삼십여 년 전, 우연히 그니를 만났다
삼십여 년 후, 우연히 그니를 만났다
복사꽃 잠뿍 핀 환한 어둠 속에서

내 청춘이 겨울이라
그니는 겨울새일 수밖에 없었다

가슴을 쪼아 금을 그어놓고 떠났다

한참을 돌아 돌아온 봄밤에
꽃잎 훌훌 벗어던지는 복숭아나무 아래서
그니와 봄술 마셨다

다시 돌아갈 수 없지만
한참 돌아 돌아온
그니도 나도 여전히 겨울

너무 지쳤어 라는 말을
이젠 늙었어 라고 뱉으며
웃음도 한 잎 흘리며

겨울새가 술잔을 내밀었다
오빠! 달려!
화장 속에 숨은 세월도 웃었다

<

청춘이 겨울이었으니
여전히 청춘인 우리,
복사꽃 날리는 봄밤이었다

* 잠뿍: 꽉 차도록 가득

희선이 형

1983

형은 사단장 따까리였다

탱크를 몰고 광주에 투입된 부대였다

형이 제대할 무렵 나는 그 부대 군악대로 배치됐다

국난극복기장이 버려진 빈 관물대에 이등병 관등 성명을 붙였다

1984

가끔 사단장 회식 자리에도 불려 갔다

참모들의 목마 위에서 팔뚝을 흔들어 대다

제 이름 박힌 손목시계를 하사하는 장군님과

감격에 겨운 거수경례로 힘이 잔뜩 밴 말똥 참모

1986

좀비처럼 느려터진 악몽의 시간은 끝나고

양평 남한강변에서 춘천 북한강변으로 돌아왔다

따라갔던 안개도 따라왔고

삼거리다방 미스 김도 떠났다

<

1995

형은 한반도에 도끼를 꽂고 있었다
자유, 외침, 무죄, 그해 광주여 등등
민들레 꺾인 허리를 세우는 동안
나는 달랑 아들 하나 만들었다

1996

글쟁이, 그림쟁이, 연극쟁이, 쟁이들과 떠난 겨울여행
오대산 하얀 산방에서 영지 한 자루를 샀다
형의 작업실 화목난로 위에 앉은
노란 달이 콧김을 뿜기 시작했다

1997

주노도 매일 술이지? 이거 마셔!
겨울이 녹기도 전에 난로는 식어버렸고
형은 더 이상 도끼를 잡을 수 없었다
도끼 꽂을 일들이 하세월 쌓여만 갔다

<

2017

내 갓난 아들은 전방의 초병이 되었고,

형의 유작들을 전시장으로 옮기던 그날

촛불들이 모이기 시작했다 민들레 불꽃들이

도끼날처럼 타올라 대통령을 찍어 내렸다

* 희선이 형: 박희선 조각가. 1997년 3월 1일 간암으로 사망. 2016년 10월 29일부터 촛불집회가 시작됐고, 다음 날부터 '故박희선 작가 유작특별전'이 열렸다.

유정, 이정

춘천의
김유정
진이정
모두 폐결핵으로 떠났다

가슴 깊이
별이 박혀
날카로운 별의 모서리가
숨주머니를 찢어대는 병이다

김유정은
박녹주를 짝사랑하였고
붉은 피와 웃픈 소설들을 토해냈으며
돈, 돈, 슬픈 일이다……
마지막 편지를 쓰고
이십구 년의 여행을 끝냈다

박수남은

진이정을 짝사랑하여
그녀의 이름을 필명으로 시를 썼고
마지막 원고지 앞에 앉아
약 냄새, 돈은 슬퍼라……
칸칸이 메우고
삼십사 세 나이로 바삐 돌아갔다

봄은 짧지만
봄내엔 늘
유정이 이정이 아리게 흐르고 있다
그것도 모르고 사람들은
춘천이 까닭 없이 아름답고 슬프다 한다

존재를 증명하는 한 방식

나라는 물건은 원래 존재하지 않았다, 라는 각성이
둔한 내 뒷골을 쑤셔야만 하리라
하하 원래 존재하지 않았다니,
그럼 죽고 싶어도 못 죽는단 말인가!

그렇게 말하고 며칠 뒤
이정은 죽었다
하여
형은 원래 존재하였음이 증명됐다

시인의 영원한 여행
영원한 시인의 여행
원래 존재하지 않았다, 라는 각성이
여행의 두려움을 다독여 줄 수도 있었겠다

슬픈 사람들의 아름다운 이야기들이
꽃을 피운다
아름다운 사람들의 슬픈 이야기들이

별을 빚는다

죽고 싶다, 라는 말은
살고 싶다, 와 같은 말
그럼 살고 싶어도 못 산단 말인가!
어쩌면 원래 존재할 수도 없었다는

형은 죽지 않았고
나는 살고 있지 않다
우리는 존재하였고
존재할 수도 없었다

* 나라는 물건은 ~ 못 죽는단 말인가!: 진이정의 「아트만의 나날들」 중에서
** 시인 진이정, 1993년 폐결핵으로 사망.

미소의 그늘 1998

밖은 1월의 눈 내리는데
우리는 지하 카페에서
빨갛게 녹슬고 있었다

사방 벽에 황토를 바른
무덤 같은 땅속에서
맥주를 마시며
담배를 피우며
절망 또는 문학 따위를 이야기하진 않았다
빌리 홀리데이 홀로 추억을 노래하고 있었다

맥주 한 모금
침묵 한 덩이
담배 한 모금
침묵 한 덩이
그리고 한 번의 미소와
그늘처럼 드리워진 말

<

준호야

누나는

슬픈 사랑을 하고 있어

밖은 2월의 눈 내리는데

나는 지하 카페에서 부고를 받고

도옥의 자리 앞에 앉아 녹슬고 있었다

* 도옥: 소설가 권도옥, 1998년 2월 자살.

내가 살던 지하실 1998

내가 살던 지하실엔 나와 혈액형이 똑같은 모기들이 살았다 술 섞인 피 맛에 중독되어 밥이 술인지 술이 밥인지 구별 않고 피 한 모금 더, 피 한 모금 더, 극성을 떨면서도 하늘 보이는 창문 없다고 불평하진 않았다 뱅뱅 도는 세상, 에프킬라 안개 속을 뚫다 죽을지언정 자살 따윈 생각하지 않았다 그때까진 그랬다

내 피가 어둠을 날아다니다
찰싹, 내 살 위에서 터졌다
다시 내 속을 흐를 순 없지만
내 피들은 계속 날아다니다
찰싹, 내 살 위에서 터졌다

내 피는 또 누구의 피와 같은가…… 언제 나도 보이지 않는 그 맨살 한 번 깨물고 터트려질지…… 어쩌면 이미 그도 또 다른 살 위에서 터트려졌을지…… 아무튼 내가 살던 지하실에 핏속에 꿈틀대는 불면의 바이러스도 내가 마신 술만큼이나 해독이 어려웠다

<

지하실 벽에 열리지 않는 창문을 붙여놓고 주절거렸다 창문을 열어줘 날아가고 싶어 비 내리면 나를 축축이 적셔주고 가을 하늘 청명하면 탈탈 털어 유리 같은 영혼으로 날려줘 내가 터뜨린 모기처럼 빨갛게 뭉개버리려면 뜸들이지 말고

나가고 싶다고 나갈 수 있나 머물고 싶다고 영원할 수 있나 내가 살던 지하실엔 저 혼자 주절대는 노래와 모기보다 작은 날개 퍼덕이는 희망이라는 절망이 있었다

내가 살던 지하실엔 늘

한 모금 더……

한 모금 더……

춘천같이 슬픈

서른네 살 이정이 가고 4년 뒤
마흔한 살 희선이 가고 다음 해
서른아홉 살 도옥이 갔다

이정과 도옥은 동갑이고
56년생 희선이 세 살 많다
희선과 이정은 소양로 출신이라
옆구리로 소양강이 흘렀고
이정은 일찍 서울로 흘러가
돌아오지 못했다
봉의산 뒤뚜루에 혼자 살던 도옥은
희선이 가고 돌아온 첫 겨울을
건너지 않았다 그렇게
스스로 길을 내어 떠나고
사나흘 눈이 쌓였다
눈이 아니었으면 안개가 덮쳤을 것이다
춘천의 겨울은
눈이라도 안개라도 덮어야

맨살의 사연들이 견딜 수 있었다

아픈 시인이 되었다가
반도를 다듬는 조각가가 되었다가
지독히 외로운 소설가가 되었다가
모두 서둘러 떠났지만
지금도
춘천같이 아름다운 이름,
이정, 희선, 도옥이
춘천과 같이 흐르고 있다

* 뒤뚜루: 지금의 춘천 후평동

앵두꽃 핀 날

동네 색시들이 한 집에 모였다
방 안 가득 따스한 젖내들이 섞였다

고사리손마다 쟁반의 사탕을 집는데
한 아기만 쟁반을 통째 잡아들었다

나비는 앵두꽃 하얀 속살에 얼굴을 묻고
떠날 줄을 몰랐다

벌들은 꽃들의 수줍은 사랑을 담아 나르고
한 아기만 빈 쟁반을 들고 울었다

저녁 햇살이 처마 밑을 훑기 시작할 때
세상 떠돌던 아기가 빈손으로 돌아왔다

이미 늙어버린 앵두나무에 한 나비가
꽃잎인 듯 앉아 꽃잎을 날리고 있었다

2부

황야의 무법자

영화 보는 법

젊어서 달 하나 훔치기로 했다
개들도 달 보고 짖는데 내게도
달이 있어야만 되는 줄 알았다

하늘 보며 뛰면 엎어지기 마련
다시 일어나 어둠 속을 뛰었다
가끔 별빛 스친 코끝이 찡했다

영화는 끝날 줄을 모르고
밥보다 술이 좋고
사랑은 늘 아팠다

이제 알았다
영화는 빨간 의자에 혼자 앉아
포근한 어둠을 덮고 보는 것이다

달빛 흐린 밤, 고양이 울어대고

겨울밤
잠이 안 와서
속도 좀 상해서
컵 챙기기는 귀찮아서
돌배주 유리항아리 아가리에
아가리 대고 마시다가
확- 얼굴에 쏟아서
지지리 궁상 슬퍼져서
뿌연 달과 함께 걸어서
예전 살던 동네 마실 가서
한 삼 년 만에 들른 주점
날 기억하는 주인아줌마가
반가워서 고마워서 한 잔
몸이 채 안 녹아서 한 잔
한 삼 년 만에 듣는 뽕짝이
가슴을 쿡쿡 찔러대서 한 잔
아저씨 가시고 그 뒷얘기에 한 잔
닭발 안주에 매운 눈물 나서 한 잔

왜 다들 힘든지 모르겠다면서 한 잔
죽고 싶은 생각만 안 들어도
행복한 거라 하시니 한 잔
한 잔
한 잔
달빛조차 닿지 않는 골목길에 서서
묵은 눈덩이에 오줌 구멍을 뚫는데
어둠 속 고양이는 서럽게 울어대고

창가에 봄빛 쌓이고

어제도 얘기 좀 해봤는데
그 자식 진짜 좁쌀여우더라고요

대접에 솜을 깔고 물을 먹였다
고구마를 반 잘라 솜 위에 앉혔다

그래? 그렇게 안 봤는데
그 여자 참 이악스럽네

창밖에 지나가던 구름과 새가
대접 앞에서 놀다 갔다

그런 팔난봉도 드물지
알았어 나도 상종하지 않을게

지나가던 바람과 빗줄기가
대접 앞에서 놀다 갔다

<

창가에 봄빛이 술렁대고
창가에 봄빛이 지저귀고

페이스북에 사진이 올라왔다
술잔을 부딪치며 마냥 행복한 얼굴들

내게 전화하여 서로를 흉보던 사람들
나만 없다

고구마 이파리가
창으로 고개를 내밀고 있었다

놀다 간 구름과 새와
바람과 빗줄기를 찾고 있었다

가을엔 낙엽이 진다

미안하고 궁금하던 차에
그녀의 방문을 열었다
하얀 침대 위에 놓인 편지 한 장

잘 지내셨는지
억겁의 세월에
옷깃만 스쳐도 인연이라는데
우린 인연의 끈은 질기지 못한가 봐요
잘 지내시라
떨어지는 낙엽에 다치지 말고

찾아야 하나
말아야 하나
밤새 나를 흥분시키던 나부
감당하기 버거워 잠시 멀리한 요부

모니터 속, 텅 빈 침대 바라보며
언제 올까 해바라기하는 새벽

시, 나쁜 년

황야의 무법자

잊을 만하면 TV에 나오는 황야의 무법자

딱성냥을 그어 시가 꽁다리에 불을 붙이는
클린트 이스트우드의 씀바귀 씹은 표정……
허리춤에서 총을 뽑으면
마주한 악당 서너 명이 쓰러지고
다시 방랑의 말발굽 소리
다시 황야의 휘파람 소리

늙은 장의사가 주검의 치수를 잰다
장의사에겐 한 마디의 대사도 없다
영화의 노래에도 가사는 없다
아침, 꽃, 이슬, 생명, 희망, 사랑 같은……
그 무엇에 가사를 붙여 노래할 수 있었을까
휘파람 소리만이 모두에게 통하는 가사였을 것이다

아직도 날마다 TV에 등장하는 총잡이들
권총이 아니다

다연발 기관총이다

서로 아무리 쏘아대도 웬만해선 죽지도 않는다

엄청 시끄럽다

그래서 그런지 요즘 노래는 가사가 잘 들리지 않는다

권준호 찾기

살고 있는 거 맞아?
언젠가 살기 위해
대기 중인 거 아냐?

언제야 나는 살 것인가
오늘도 빨간 의자에 앉아
딴 세상 속으로 들어간다

#20171218 눈 쌓인 뜨락
산수유 가지에 매달린 붉은 심장들이 하얀 눈을 고깔처럼 쓰고 있다 딱새 한 마리 날아와 월동용 심장을 고른다 그 모습을 창문으로 바라보던 내가 나를 찾는다

스크린 속의 내가
스크린 밖의 나를 찾는다
어둠 속의 내가 보이지 않는지
눈뜬장님처럼 비낀 시선으로 묻는다

<

내가 나라는 걸

사람들이 알아볼까?

아랑곳없는 날

정자 마당에 가마솥이 걸렸다
세상은 뜨겁고
느티나무 잎들은 아랑곳없다

어젯밤도 시끄러웠다
자기가 짖어야 어둠이 도망간단다
한 놈이 짖으면 죄 따라 짖었다

장닭들도 눈알을 부라린다
목을 한껏 늘여 홰를 치고 소리쳐
서로 제가 새벽을 깨웠단다

소리, 소리에 조용할 날 없어도
아침은 늘 묵묵히 꽃처럼 열리고
여린 봄은 무럭무럭 자라 한여름이다

아, 아, 주민 여러분께 알려드립니다
12시부터 정자 마당에서 식사들 하시고

무더운 여름 잘 넘기시기 바랍니다

느티나무 그늘 안에서
가마솥이 김을 뿜는다
오늘은 아랑곳없이 복달임하는 날이다

* 복달임: 복날에 그해의 더위를 물리치는 뜻으로 고기로 국을 끓여 먹음.

춘천, 아름다운 춘배 형

귀머거리 화가가 갈대에 둘러싸여 지휘를 한다
캔버스 위에 거꾸로 선 팔분음표, 십육분음표

사뿐 강물 위로 미끄러지는 붓길
미루나무 숲의 갈채와 함성

화가는 악보를 챙겨 쩔뚝쩔뚝 강을 건너고
다시 이파리들은 저녁 햇살을 조리질한다

춤추던 새들이
캔버스 속의 둥지를 찾아 울기 시작했다

춘천, 섬

강 건너 나루터
외등 하나
한참 바라보면
등불 하나가 섬이다
나도 원래 혼자였다
밤하늘 깊이
손전등 비추며
나도 한 점, 섬이 된다

덩그러니

기름때, 마음 때 다 지운다는 소주도
녀석을 더 일그러트릴 뿐이었다
너무 고이면 병 된다고
비워내야 살아낼 수 있다고
녀석을 다독이고 일어섰다

식당 화장실은 세워놓은 관짝 같았고
소변기 위, 액자에는 그림이 사라졌다
나프탈렌 덩어리는 소신공양을 끝내
그물망만 빈 고치처럼 매달려 있었다
지린내에 이골이 난 골방지기들의 긴 수행이
어느 날, 흙탕의 연꽃처럼 피었나 보다
그 무엇도 가두지 않으리
보내주고
그 어디에도 얽매이지 않겠노라
떠났나 보다

한 손으로 벽을 짚고 눈 감으니

어지러이 별들이 쏟아진다
덩그러니
빈 우주 한 복판에 오줌을 내갈기며
한참을 비틀거렸다

하얀 소주

하얀 소주를 얻었다
한라산 소주가 하얗다는데
이건 양구 방산, 송이 향까지 넣었단다
그 맛이 궁금해 술병을 들고 주막에 들렀다
주모는 이면수를 뒤집고
주모 속을 뒤집던 아들 이야기가
마늘쫑멸치볶음 옆으로 소복이 쌓였다

아들은 월요일부터 출근을 하게 됐단다
얼마나 애태웠을까 아들이 서른이 넘도록
얼마나 외로웠을까 엄마밖에 없던 아들은
한낮이 더 깜깜했다던 시간들
이제 다 녹여낼 수 있겠다

예전엔 소주병이 거의 다 하얬다
소주병 말고도 참 많은 것들이 맑았다
25도 경월 소주로 청춘을 달래던
푸른 가난의 이력을 안주 삼아 마신다

주모도 이면수 접시를 들고 와

하얀 소주, 맛이나 보잔다

그녀의 웃음이 생선살보다 더 야들야들해졌다

재미없는 날

월요일 조조영화를 보고 나왔다
이제는 재미없는 영화도 고맙다
주인공은 홀로 길을 떠나고
마지막 장면은 골목으로 이어졌다
봄빛이 보배롭게 펼쳐진 골목길
담장 밑에 누운 개 한 마리가
실눈으로 잠시 나를 살핀다
시큰둥 꼬리 한 번 흔들고
긴 속눈썹으로 햇살을 거른다
게슴츠레 골목은 따스하다
(너도 누가 잡아먹을지 몰라)
다시 힐끗 눈동자는 말한다
(너는 지금 살아 있니?)
봄풀 올라오는 소리
봄풀 꿈틀대는 소리에만
귀 열어놓고 있던 녀석이
이미 내 속을 다 들여다봤다
삼월의 골목 끝, 젖빛 목련

SOS 아니 SNS

오랜만입니다
아파야 오게 되네요
잠시 후 심야병원 갑니다
같이 가실 분 있나요?
치료 시간은 대략 두 시간
무서워도 가야 합니다
무서우니까 아프니까 가야 합니다
돌팔이 의사도 많지만 오늘은
쿠엔틴 타란티노, 크리스토퍼 놀란 등등
당직 의사 선택이 가능합니다
오늘 심야병원은 춘천CGV
어둠처럼 앉아 숨 고르고 기다리다
사방 터져 나오는 소리에 귀를 묻고
이딴 세상 아닌 딴 세상 속으로
뛰어들면 됩니다
심야병원 갑니다
환자분들 바로 댓글 달아주세요

별을 켜는 밤

삼월 봄밤
지구 불끄기 행사에 동참하기로 했다
별들이 술렁거릴 것 같다

사람은 신을 만들고, 신은
착한 짐승의 언어와
노래하던 꽃들의 목소리를 거두어 떠났다

다시 사람은 신을 만들고
별들은 빛을 잃기 시작했고
다시 사람은 신을 만들고

내가 사는 지하실 불을 껐다
시간이 동서남북이 지워지고
몸이 지워졌다

문이 어느 쪽이었지?
벽을 더듬다 잡힌 막대기로

암흑 속을 찔러댄다

막대기가 너무 길다
양 끝을 잡고 허벅다리에 대고 눌렀다
짜작, 별들이 쏟아지는 소리

밖에, 비밀이 드러나고 있을지 모른다
착한 짐승과 예쁜 꽃들은 알고
우리가 모르는 신의 비밀

뱃살 빼기

퇴근길, 배철수는 개기월식을 광고하는데
차창에 얼굴 비비는 달이 없다

저녁 굶고 걷기로 했다
평상시 운동이 운동이지, 그럼

아파트 주차장에서도 달은 보이지 않았다
걸어서 돌아올 만큼 택시를 타기로 했다

강변로에 들어서자
달은 거기서 까맣게 리셋 중이었다

소주 한 병에 맥주 두 병
보름달처럼 부푼 뱃살은 물허벅 장단이 제대로겠다

카페 주인이 택시를 불러줬다
쉬는 날 빡시게 산속을 헤매도 소용없다

* 물허벅 장단: 물허벅(물을 길어 나르는 동이)을 타악기로 삼아 박자를 맞추는 장단.

가을 숲 아카펠라

시간이 신을 벗고 앉아
숲 속의 아카펠라를 듣는다

생량머리에 꽃향기 나르던 바람은
가랑잎 흩뿌리며 지나가고
계곡 물소리는 가슴속으로 길을 내어 흐른다

세상길 헤매던 텡쇠는
예서도 헛발 디뎌 돌돌돌 돌을 굴리고
놀란 다람쥐는 떡갈나무 위로 구른다

가끔 도토리가 툭,
그 쓸쓸한 도돌이표 신호에
가을 숲의 합창은 계속되고

불타는 나뭇잎 사이로
파란 하늘이
뚝, 뚝, 떨어진다

<

딱 따그르르르

딱 따그르르르

* 생량머리: 초가을로 접어들어 서늘한 무렵.
* 텡쇠: 겉으로는 튼튼하게 보이지만 속은 허약한 사람.

알 수 없는

폰으로 뉴스를 읽는다
내일 비 온 뒤 바로 겨울이란다
마치 날씨를 틈탄 듯
오늘 뉴스들은 이미 진눈깨비

폰이 진동한다
발신자 이름 대신 뜬 '행복하세요'
알 수 없는 이의 행복을 받아도 되는 건지
'행복하세요' '행복하세요' 진저리를 친다

행복이
행복이란 명찰을 달고 있을까
불행하지 않으면 행복한 것 같은데
알 수 없는 행복은 날아갔다

빗물 닦아내듯 스윽
폰의 얼굴을 훔치고
다음 뉴스를 연다

내일이 겨울인 이유들을 읽는다

용궁낚시터

결국 나도 재가 되어
호수로 강으로 흘러들 텐데
낚시꾼이란 죄목으로
용궁낚시터에 떨어지지 않을까?

거기서는 물고기들이 사람 낚시를 한다는데
낚싯바늘에 무슨 미끼가 달리면 다시 목숨을 걸까?
빨아도 빨아도 사라지지 않는 눈깔사탕 같은 사랑?
꼬리지느러미 살랑대는 말랑말랑한 시 한 구절?
색 바랜 사진 속의 오랜 미소들?
사월의 연둣빛 숨소리?

거기서는 물고기들이 사람 낚시를 한다는데
돈 미끼가 직방이라 제일 흔하고
옛날 어린 애인을 뒤돌아서게 한 여관 간판이나
치매 대신 채워진 노욕 한 봉지만 비벼 달아도
비릿한 인간 매운탕 한 솥은 충분히 끓여 먹는다니
물고기한테서 왜 비린내가 나는지 알겠다

<

내일 빙어 낚시 간다
비린내 모르는 빙어 회에
소주나 둬 병 비우러 간다
빙어들은 겨울에만 낚시를 한다는데
무엇을 낚아 먹기에
그 속은 늘 가난하고 맑은지

춘천, 동급생 이야기

시인 이승훈이 서울에서 춘천으로 돌아왔다 오래 동거하던 불안의 꽃을 꺾고 평안하게 아주 돌아왔다 소설가 전상국은 진작 서울에서 내려와 김유정 생가 마주한 비알에 터 잡고 산 지 꽤 됐다 두 문사는 1957년 춘천고등학교에서 만나 함께 글을 쓰기 시작했다

이승훈 추모 시화전을 준비하면서 80년대 춘천의 흑백 사진들을 뒤적였다 세계청소년축구 4강 달성을 축하하는 카퍼레이드 사진이 보였다 뚜껑 없는 군용 지프차 위에서 이주일과 박종환이 손을 흔들고 있었다 이주일은 2002년 여름에 춘천으로 아주 돌아왔다

못생겨서 죄송하다던 라이트 윙 이주일은 코미디 황제가 되었고 캠프페이지 앞에서 구두를 닦던 풀백 쇼리 박은 축구 국가대표팀 감독이 되었다 두 스타는 1956년 춘천고등학교에 들어가 함께 공을 차던 친구였다

아름답고 가난한 시골 도시의 빡빡머리 친구들이 시인이 되

고, 소설가가 되고, 코미디언이 되고, 축구 감독이 되어 세상을 휘젓다가 하나둘 돌아오고 있다 빙 둘러선 산들도 강변도 거리도 사람도 모두 그때만 같았으면 더 좋았을 춘천으로

사족

하릴없이 내 몫의 말을 채우고
이제 영화 보러 가면 되는데
입안에 거미가 혀를 간질인다

말 찌꺼기 남기지 말란다
말 같지 않은 말일 수 있지만
말끝에 붙일까 말까 하다 만 말

간혹 집 나간 말이
독이 올라 돌아와
나를 물기도 했다

입 꾹 다물고 극장 가고
입 꾹 다물고 산에 가고
입 꾹 다물고 낚시나 했는데

오늘은 혀가 간지럽다
뱀은 말 한 번 잘못으로

갈라진 혀를 평생 날름거린다

3부

록 밴드 드러머

동행

아파트 상가 앞에서
어금니를 악물고 계신 아버지는 근엄하다
남들은 틀니라는 사실을 모른다

　왜 여기 계세요?
　엄마 온다 했다

아파트 계단 입구에
풀잎인 듯 서 계시는 어머니
판피린을 수액처럼 채워온 세월을
남들은 모른다

　왜 여기 서 계세요?
　아버지 오실 거야

윔플피시

우리는 윔플피시
사각의 유리방에 산다

꽃비 내리고
단풍 지고 눈 쌓이는
아름다운 비명이 몽땅
소리 없이 스며드는 방

햇살이 벽을 두드린다
어제는 먹먹했고
오늘은 막막하다
사각의 바다를 돌고 돈다

우리가 온 곳은 어디인가
오늘도 겨우 희망을 헤엄치며
투명한 벽을 밀어보지만
바람 한 올 휘어지지 않는다

<

내 이름은 웜플피시

문 없는 유리방에 산다

터널

오늘 밤도 꽐라,
길바닥이 너울대도 전화기를 꺼내지 않았다
이젠 기억도 못 할 말들을 여기저기 토해내지 않는다
대신 불현듯 떠나는 버릇이 생겼다

제대 군복과 함께 방바닥에 너부러져 있는 아들에게
자동차 키를 건넸다
아내가 눈썹을 찌그리고 사납게 따라붙었다

자정쯤 속초에 도착할 것 같다
청초호에 목을 담근 가로등 불빛처럼
선배의 음악실에서 밤새 출렁일 테다

인제양양터널, 그 속에서도
꽃은 피고, 별은 반짝였다
흰 구름이 몰려오고
물고기들이 하늘을 헤엄치고

<

등 뒤에서 어깨를 타고 졸졸 넘어오는 목소리,
오래도록 이별을 소망해 온 착한 아내가
아빠가 사라져 주지 않아 떠난 것 같은
가여운 딸의 소식을 전했다

민지가 벌써 서른이야
이번 설날에 귀국한대
가족에게 의지했어야 했대
미안하대
나도 같은 생각을 하게 됐어

긴 터널을 빠져나왔다
자정이 가까워지고 있다

꽃노을을 삼켰다

기러기 울며
저녁 강을 건넜다
길 아닌 길 없는 새들은
눈물을 흘리지 않는다
눈물은 삼키고 삼키다
무거워 날기 힘들 때
소리 내어 토해내는 거다
기러기는 북산 너머 떠나고
토해놓은 눈물이
하늘에 꽃으로 번졌다

술을 마시다 그 꽃 삼켰다
무거웠나 보다
나도 토했다
괜찮다
결국 괜찮지 않다는 말
다시 어둠은 별을 토하고
싸락싸락 별들이 반짝였다

모두 등대다

끝인가 하면 나타나는

이 길도 길이다

종이 울기 전에

한 해가 아직 반 병 남았다
톡 톡 톡톡, 먼 나라의 딸에게 카톡을 친다
술병이 다 비기 전에 종소리가 새해를 열 것이다

올해 본 영화들이 어플 속에 쌓였다
내용들은 거의 기억나지 않는다
월터의 상상은 현실이 된다/잭라이언-코드네임 쉐도우/위험한 패밀리/인사이드 르윈/겨울왕국/수상한 그녀/프랑켄슈타인/신이 보낸 사람/로보캅/폼페이-최후의 날/논스톱/찌라시-위험한 소문/노예 12년/300-제국의 부활/몬스터/원챈스/노아/캡틴 아메리카-윈터 솔져/론 서바이버/쓰리 데이즈 투 킬/그랜드 부다페스트 호텔/다이버전트/어메이징 스파이더맨 2/역린/표적/라스트베가스/트랜센던스/엑스맨-데이즈 오브 퓨처 패스트/엣지 오브 투모로우/끝까지 간다/홈프론트-가족을 지켜라/우는 남자/트랜스포머-사라진 시대/신의 한 수/레이드 2/혹성 탈출-반격의 서막/군도-민란의 시대/명량/해적-바다로 간 산적/해무/인투 더 스톰/루시/비긴 어게인/메이즈 러너/제보자/드라큘라-전설의 시작/나의 독재자/나를 찾아줘/인터스텔라/퓨리/호빗-다섯 군대 전투/국제시장/테이큰

<

가끔 극장 안에 혼자일 때가 있다
나 안 왔으면 영화 안 틀었을 텐데
혼자라도 광고는 꼭 보시고
혼자라도 비상시 잘 도망치시라 대피로 안내까지……
이미 극장으로 도망 온 놈한테

존경한다
십이월 마지막 주에 만난
'국제시장'이나 '테이큰'의
엔딩 크레딧이 올라가도 여전히 혼자인 아버지

오늘은 관객이 많아 힘들었다
혼자 노는 법이나 터득하고 있는 이런 아비는
힘들단 말, 하면 안 되는데

종이 울기 전에
딸이 보낸 카톡이 도착할 것이다

술병이 자꾸 벽시계를 바라본다

가슴난로 한 병

그곳은 겨울이 없어서 좋단다
잠시 한겨울로 돌아온 딸이
따뜻한 나라의 술을 사왔다
"돈도 없는데 뭐 하러 그런 걸 사 와"
여지껏 들어만 보고
한 번도 해본 적 없던 말이
대뜸 내 입에서 나왔다
내 아버지처럼
내 어머니처럼
돈도 없는데 뭐 하러 그런 걸 사 와
미니스톱에서 파는 싼 술이란다
며칠 뒤 딸은 다시 겨울을 떠난다
알코올 55도짜리 브랜디 한 병이
남은 겨울을 넉넉히 데울 수 있겠다

연말 정산

집은 잘 찾아왔다
오랜만에 사람을 만나 취했다
혼자가 가장 완벽하고 아름답지만
혼자가 아니어도 꽤 좋은 시간이었다
추운 오늘이 따스하게 그리울 게다
고맙다 아이같이 늙은 춘배 형이,
다시 사랑에 빠져 낯꽃핀 명자가

심야영화도 끝난 시간
집 잘 찾아와 이불 속에 엎드렸다
어느 새 한 해가 다 차버리고 말았다
올해는 작년보다 사람을 많이 만난 것 같다
작년보다 극장으로 덜 숨어들었으니
내 의도와는 달리
결국 조금씩 행복해지고 있는 것 같다

* 낯꽃피다: 얼굴에 꽃빛이 돌다.

봄이 오고 있다

수신음을 무음으로 바꿨다
아직 정원은 만들지 못했다
새벽이 오고
봄이 오고 있다
목련 꽃봉오리가 탱탱하다
전화는 오지 않았으면 좋겠다
어둠은 짙고 깊고
멀리서 별들이 반짝인다
사랑스런 것들은 늘 멀리 있지만
별을 바라보는 마음이 별이었고
꽃을 피워내는 손길이 꽃이었다
이제는 아무래도 괜찮다
별처럼 반짝이는 목소리
꽃처럼 수줍은 웃음소리
이제 듣지 못해도 괜찮다
어서 정원을 만들어야 한다
빼곡히 푸른 그림자로 덮인
그때 전화기는 없어도 된다

밥은 먹고 다니니

시간을 놓아버린 아버지는
종종 새벽에도 전화하신다
잠을 흔들어, 깰 때까지 흔들어

눈 온다는
운전 조심하라는
허름한 목소리

늘 멀기만 했던 아버지가
팔순이 넘어서
화초에 물 주듯 전화하신다

비 온다는
술 많이 먹지 말라는
빗물보다 축축한 목소리

출근길에 휴대폰이 울렸다

네, 아버지……

밥은 먹고 다니니?

검은 날개

날개들이 내렸다
비틀대는 발자국마다
어둠이 켤레 켤레 담기는
새벽 골목 숫눈길

마른 가지마다 스며들어
얼어붙은 꿈속마다 스며들어
봄을 피워낼 날개들이
어둠 끝에서 내려오고 있었다

고개 젖히고
아~ 입을 벌려도
어린 날 받아먹던 꿈이
기억나지 않는다

* 숫눈길: 눈이 내린 뒤 아무도 밟지 않은 길.

하얀 날개

가로등 아래
흩날리는 벚꽃처럼
반짝이는 슬픔처럼
분분 내리는 날개들

날개는 날기 위해서가 아니라
앉을 곳을 찾기 위한 수고로운 꿈이다
끝내 봄을 피워낼 자리에 앉은
추운 날개들이 따스하다

빨간 날개

아파트 철문 앞에서 날개들을 털었다
머리에, 어깨에 자리 잘못 잡은 날개들

장이 꼬여 먹통이 된 초인종을
덜거덕 덜거덕 눌러댔다

문을 열어준 아내의 눈가로 뽀얗게
잠 부스러기가 떨어지고 있었다

베란다 살짝 열린 창으로
새벽길 날개들이 들어와 있었다

TV의 오래된 영화를 등불 삼아
어두운 술을 마셨다

날개들은 계속 내 안에 쌓이고
날개들은 내 안의 술과 섞이고

<

술은 뜨거운 피가 되어 휘돌고
남아돈 피는 변기로 흘려보냈다

봄을 피워낼 날개들이
내게도 스며든 것일까

내 안에서 빨갛게 물든 날개들이
흘러갔다

차 열쇠를 잃어버렸다

겨울 강은, 속으로 흐른다
얼음장 위로 몰려다니는 마른 잎들
그 싸느란 발자국 소리를 덮고 흐른다

차 열쇠를 잃어버렸다
어디서 풀잎들의 푸른 추억을 듣고 있는지
어디서 졸가리들의 시린 이야기에 울고 있는지

비상 열쇠는 차를 깨우지 못했다
여전히 눈은 올 듯 말 듯
다시 바람처럼 걸었다

하염없이 강을 바라보며 삭고 있는 나무벤치
거기 앉아 있는 열쇠
열쇠 끝이 눈물처럼 반짝였다

차의 얼어붙은 심장이 툴툴거리며 깨어났다
열쇠도 닳고 그에 맞게 열쇠 구멍도 닳았나 보다

그래서 둘이서만 딱 맞나보다

살과 살이 닿을 때마다 함께 닮았으리라
한겨울에도 속으로 살 비비는
섬이랑 강물처럼

하얀 자장가가 소리 없이 내리기 시작했다
보칼리제를 부르던 미루나무 강섬은 잠들고
잃어버린 내 사랑은 찾을 수 없었다

* 졸가리: 잎이 다 떨어진 나뭇가지.

사계四季

1. 봄

유동식 찌가 있습니다
왔다 갔다 조절이 가능합니다
왔다 갔다 하는 봄붕어를
잘 잡기 위한 낚시채비입니다
별은 늘 저기서 반짝이는데
마음만 찌가 되어
왔다 갔다 합니다

2. 여름

반디,
나도 저렇게 작은 별이 될 수 있을까?
너에게 날아가 반짝일 수 있다면

3. 가을

혼자 떠나는 여행,
혼자 즐기는 낚시,
혼자 비우는 술잔,
이러거나 저러거나
낙엽은 날리고
혼자 반짝이는 거짓,
너 하나의 부재로

4. 겨울

답이 없는 문제와
가슴 시린 사연과
새벽 코냑의 아린 향기와
차디찬 별빛으로 빚은,
눈송이들이 내린다.

커튼을 닫는다

록 밴드 드러머

거미처럼 집을 짓고 앉아
양다리 양팔을 허우적대야 한다
들뜬 관중을 향해 일어설 순 없지만
어둠의 뒤편에서 그도 노래한다
북마다 다다다다 울림이 다르듯
울고 웃고 울고 웃는 북소리가
삶의 박자

아무리 달려도 그 자리지만
무대는 꽃피어 만발하고
발 묶인 세상이
환호한다
열광한다
가끔 그의 절규가
스치는 조명에 찍혀 번뜩인다

어머니의 구연동화

식사 한 번 손수 챙겨 드신 적 없는 아버지
그 모습 그대로 따라 배운 자식
그런 가족 위하여
정화수 한 사발에 두 손 비벼
바람을 조리질해 오신 어머니
새벽 달빛 어룽진 그 기도를 이제
미사보에 담아 머리 위로 풀어놓는
마리아 내 어머니

기도한 것과 달리 자식들은 떠나고
기도한 것과 달리 아버지 병들어도
묵주 알처럼 단단한 기도는 이어지고
푸른 잎 다 잃고 피어난 꽃처럼 어머니는
칠순이 넘어 구연동화를 하셨다
아이들 앞에서 함빡 웃음을 피우셨다
웃음의 그늘인 듯 더욱 깊어진 주름

옛날, 옛날에 준호라는 아이가 있었어요

매일 술만 먹는 아빠처럼 되지 않겠다고
엄마랑 손가락 걸고 약속한
아주 착한 어린이가 있었어요……

자화상

호기심에 떠났던 아들이
먼 훗날 돌아와 문득
거울 속에서 발견한 아버지

오래된 액자 속
밀레의 만종 소리처럼
엉그름진 세월의 주름

세상 먼지 하얗게 이고
무심한 표정으로
나를 바라보는 나, 아니 아버지

산막에서

가을밤
네가 보고 싶다

희미한 술잔에
반짝이는 그리움

달빛 서성대는 문틈으로
보이지 않는 너를 본다

인형 뽑기

내 눈을 바라보고
내 귀에 속삭이고
나를 안아 입 맞추겠지

미안하지만
내 속을 채우고 있는 건
하얗게 표백된 외로움뿐

아무리 바라봐도
아무리 속삭여도
그냥 이렇게, 다치지 않게 사랑해 줄게

음미

음
물 한 모금도
담배 한 모금도 음

꽃향기나 바람결이나
음, 사뿐히 나리는 눈송이나
가슴 아리게 박히는 별빛이나

음, 음
왜 자꾸 잊을까
이 고마움

해설

비극적 세계관과 춘천의 내면화

이홍섭(시인)

1. 춘천, 혹은 봄내의 내면화

'춘천春川'이란 한자 지명은 뜻도 예쁘고, 발음도 예쁘다. '봄내'라는 한글도 역시 예쁘다. 춘천의 자연 환경도 이름에 못지 않다. 물의 도시답게 아름다운 강이 도시를 감싸고, 미혹으로 이끄는 안개가 도시를 품는다.

권준호 시인의 이번 시집을 일별했을 때 가장 먼저 다가오는 인상은, 시인이 이번 시집을 통해 춘천을 내면화하고자 애쓰고 있다는 점이다. 시인은 춘천의 자연과 인물, 그리고 성장과 얽힌 추억들을 하나하나 시로 그려내면서 자신의 연대기와 세계관을 표현해 내는 데 진력한다. 시인이 자신이 몸담고 있는 공간을 시로 표현해 내는 것은 극히 자연스러운 일이나, 이번 시집처럼 '종합적'이고 '전면적'으로 다루고 있는 경우는 드물다고 할 수 있다.

미군 병사가 하늘로 한 줌의 동전을 날렸다
한 줌, 한 줌, 비처럼 쏟아지는 동전들
흙바닥에 떨어져 사방팔방 굴러가는 동전들을 향해
어린 육체보다 더 슬픈
황혼, 두견, 소양강 처녀보다 더 슬픈
십 원짜리 동전들을 향해 우리는 몸을 날렸다
무르팍이 찢기고, 팔꿈치 피딱지가 다시 벗겨지던
그 순간 우리의 아트만은
그 누런 동전과 밀접했다

—「소양로 1969」 부분

준호야
누나는
슬픈 사랑을 하고 있어

밖은 2월의 눈 내리는데
나는 지하 카페에서 부고를 받고
도옥의 자리 앞에 앉아 녹슬고 있었다

—「미소의 그늘 1998」 부분

1983

형은 사단장 따까리였다

탱크를 몰고 광주에 투입된 부대였다

형이 제대할 무렵 나는 그 부대 군악대로 배치됐다

국난극복기장이 버려진 빈 관물대에 이등병 관등 성명을 붙였다

(중략)

2017

내 갓난 아들은 전방의 초병이 되었고,

형의 유작들을 전시장으로 옮기던 그날

촛불들이 모이기 시작했다 민들레 불꽃들이

도끼날처럼 타올라 대통령을 찍어 내렸다

— 「희선이 형」 부분

위의 시들은 춘천을 배경으로 각각 특정한 시간, 특정한 예술가들을 회고하고 있다. 어린 시절 춘천 소양로 미군부대 앞에서의 추억을 배경으로 한 「소양로 1969」에는 춘천 출신 진이정 시인의 시가 인용되어 있고, 「미소의 그늘 1998」은 역시 춘천 출신으로 1998년 고향에서 자살로 생을 마감한 소설가 권도옥과의 추억이 반추되고 있다. 「희선이 형」 또한 춘천 출신

으로 일찍 세상을 뜬 조각가 박희선과의 인연이 연대기적인 방식으로 회고되고 있다.

이처럼 시인은 춘천이라는 공간을 중심에 놓고 특정한 시간과 공간, 그리고 인물을 하나로 엮어낸다. 그것은 마치 무수한 실핏줄이 얽히고설키어 춘천이라는 심장으로 역류해 들어가는 형국과 같다. 춘천을 통해 자신의 연대기와 세계관을 표현하고자 열망은 위의 인용 시들에서처럼 시의 제목에서 직접적으로 드러난다. 「쌔드 무비 1983」, 「그때, 예부룩」, 「내가 살던 지하실 1998」 등 구체적인 장소와 시간이 결합되거나, 「춘천, 섬」, 「춘천, 동급생 이야기」, 「춘천, 아름다운 춘배 형」 등 '춘천'이라는 지명을 앞세우고, 소재가 된 이미지나 인물을 덧붙이는 방식이 대표적 예들이다. 이러한 제목들은 시인 자신이 체험한 시간과 공간을 춘천으로 집약시켜 내면화하고자 애쓰고 있음을 증명해 준다.

2. 아름답고 슬픈, 춘천

이러한 내면화의 결과가 성공했느냐 실패했느냐를 따지는 것은 그리 중요하지 않다. 중요한 것은 시인이 왜 춘천이라는 특정 공간을 내면화의 성지로 만들려 했는지, 그것이 어떤 과정을 거쳐 시로 승화되었는지를 감상하는 일이다.

위의 인용 시들이 지닌 공통점은 시인이 거론하고 있는 인물들이 하나같이 비극적으로 생을 마쳤다는 점이다. 시인 진이정은 서른넷, 소설가 권도옥은 서른아홉, 조각가 박희선은 마흔하나에 각각 세상을 떴다. 이들 중 권도옥은 자살, 진이정은 자살에 가까운 병, 박희선은 간암으로 생을 마감했는데 다들 짧은 생애 속에서도 자신의 분야에서 예술혼을 불살랐다는 공통점이 있다. 시인은 이들과의 인연이나 이들 각각의 생애를 반추하면서 춘천의 이미지를 덧대거나, 자신이 지닌 비극적인 세계관의 일부를 드러낸다.

김유정은
박녹주를 짝사랑하였고
붉은 피와 웃픈 소설들을 토해냈으며
돈, 돈, 슬픈 일이다……
마지막 편지를 쓰고
이십구 년의 여행을 끝냈다

박수남은
진이정을 짝사랑하여
그녀의 이름을 필명으로 시를 썼고
마지막 원고지 앞에 앉아
약 냄새, 돈은 슬퍼라……

칸칸이 메우고
삼십사 세 나이로 바삐 돌아갔다

봄은 짧지만
봄내엔 늘
유정이 이정이 아리게 흐르고 있다
그것도 모르고 사람들은
춘천이 까닭 없이 아름답고 슬프다 한다

— 「유정, 이정」 부분

서른네 살 이정이 가고 4년 뒤
마흔한 살 희선이 가고 다음 해
서른아홉 살 도옥이 갔다

(중략)

아픈 시인이 되었다가
반도를 다듬는 조각가가 되었다가
지독히 외로운 소설가가 되었다가
모두 서둘러 떠났지만
지금도
춘천같이 아름다운 이름,

이정, 희선, 도옥이

춘천과 같이 흐르고 있다

—「춘천같이 슬픈」 부분

앞의 시 「유정, 이정」은 시대를 달리하는 소설가 김유정과 시인 진이정의 삶을 '짝사랑'과 '가난'을 매개로 엮어낸다. 역시 이들의 공통점은 춘천이 배출한 문인이고, 일찍 세상을 떴으며, 가난과 병마 속에서도 창작혼을 불살랐다는 점이다. 뒤의 시들 역시 앞서 인용한 작품들에 등장하는 예술가들을 하나하나 불러내 각각의 삶에 의미를 부여하는 방식을 취하고 있다.

예술가들의 삶과 고투를 병치적, 병렬적 방식으로 그려낸 위의 두 작품은 마지막에 가서 춘천의 이미지로 수렴된다는 공통점도 지니고 있다. 시인이 위의 작품들에서 만들어 낸 춘천의 이미지는 "서둘러 떠나다", "흐르다", "아름답다", "슬프다" 등이다. 이 중에서 특히 강조되고 있는 핵심 이미지는 "아름답고 슬프다"라는 이미지이다. "춘천이 까닭 없이 아름답고 슬프다 한다"(「유정, 이정」)라는 표현이나, "춘천같이 아름다운 이름"(「춘천같이 슬픈」)이라는 구절에 "춘천같이 슬픈"이라는 제목을 덧댄 것은 이를 선명하게 보여준다.

3. 비극적 세계관과 견딤

춘천을 '아름답고 슬픈' 이미지로 내면화하고자 하는 열망의 저 밑바닥에는 앞에서도 언급했듯이 시인의 비극적인 세계관이 자리 잡고 있다. 일찍 세상을 떠난 예술가들에 대한 사랑과 연민은 이러한 비극적 세계관이 만들어 낸 결과물과도 같은 것이라 할 수 있다.

저녁 햇살이 처마 밑을 핥기 시작할 때
세상 떠돌던 아기가 빈손으로 돌아왔다

이미 늙어버린 앵두나무에 한 나비가
꽃잎인 듯 앉아 꽃잎을 날리고 있었다

—「앵두꽃 핀 날」 부분

차 열쇠를 잃어버렸다
어디서 풀잎들의 푸른 추억을 듣고 있는지
어디서 졸가리들의 시린 이야기에 울고 있는지

비상 열쇠는 차를 깨우지 못했다
여전히 눈은 올 듯 말 듯
다시 바람처럼 걸었다

—「차 열쇠를 잃어버렸다」 부분

페이스북에 사진이 올라왔다
술잔을 부딪치며 마냥 행복한 얼굴들
내게 전화하여 서로를 흉보던 사람들
나만 없다

—「창가에 봄빛 쌓이고」 부분

위의 시들은 시인이 지닌 비극적 세계관이 어떻게 만들어졌는가를 짐작하게 해준다. 시간의 격절을 담고 있는 「앵두꽃 핀 날」에서 "세상을 떠돌던 아기"는 결국 "빈손"으로 돌아오고, 거기에는 "이미 늙어버린 앵두나무"만이 기다리고 있을 뿐이다. 「차 열쇠를 잃어버렸다」 역시 앞의 시처럼 상실감과 떠돌이 의식을, 「창가에 봄빛 쌓이고」는 "나만 없다"라는 구절에서 알 수 있듯이 공동체 속에서의 소외감과 외톨이 의식을 드러내고 있다.

시인은 상실감, 떠돌이 의식, 소외감 등이 어우러져 빚어진 비극적 세계관을 견디며 살아가는 외로운 주체이다. 그 견딤의 방식을 대표하는 것이 '술 마시기'와 '혼자 영화 보기'이다. 근대 낭만주의 예술가들의 대표적 양태이기도 한 이러한 행동은 '도취'와 '도피'의 방식으로 도저한 자본주의 현실의 압박을 견뎌내는 저항적 행위이다. 술을 통한 도취가 일종의 위악을 내포

하고 있다면, 영화관으로의 도피는 마치 홀로 섬에 숨어든 듯 한 자기 위안을 품고 있다.

> 내 피는 또 누구의 피와 같은가…… 언제 나도 보이지 않는 그 맨살 한 번 깨물고 터트려질지…… 어쩌면 이미 그도 또 다른 살 위에서 터트려졌을지…… 아무튼 내가 살던 지하실에 핏속에 꿈틀대는 불면의 바이러스도 내가 마신 술만큼이나 해독이 어려웠다
>
> —「내가 살던 지하실 1998」 부분

> 오늘 심야병원은 춘천CGV
> 어둠처럼 앉아 숨 고르고 기다리다
> 사방 터져 나오는 소리에 귀를 묻고
> 이딴 세상 아닌 딴 세상 속으로
> 뛰어들면 됩니다
> 심야병원 갑니다
> 환자분들 바로 댓글 달아주세요
>
> —「SOS 아니 SNS」 부분

> 한 해가 아직 반 병 남았다
> 톡 톡 톡톡, 먼 나라의 딸에게 카톡을 친다
> 술병이 다 비기 전에 종소리가 새해를 열 것이다

(중략)

오늘은 관객이 많아 힘들었다

혼자 노는 법이나 터득하고 있는 이런 아비는

힘들단 말, 하면 안 되는데

종이 울기 전에

딸이 보낸 카톡이 도착할 것이다

술병이 자꾸 벽시계를 바라본다

—「종이 울기 전에」 부분

「내가 살던 지하실 1998」에서 술 마시기는 "불면의 바이러스"와 연관되어 있다. 시인은 도취를 통해 "술만큼이나 해독이 어려"운 불면과 싸운다. 「SOS 아니 SNS」에서 홀로 영화 보기는 "이딴 세상 아닌 딴 세상 속으로/뛰어"드는 행위로, 이 행위가 이루어지는 영화관은 "심야병원"과 같은 치료 능력을 가진 공간으로 표현된다. 이 시에서 홀로 영화 보기는 '도피'와 '치유'가 동시에 이루어지는 행위로 나타난다. 「종이 울기 전에」는 새해를 앞두고 '도취'와 '도피'로 점철된 삶을 뒤돌아보는 형식을 취하고 있다. "혼자 노는 법이나 터득하고 있는 이런 아비는/힘들단 말, 하면 안 되는데"라는 구절은, 비극적 세계관 속에서 현실의 압박을 견뎌내는 삶의 힘듦을 딸에게 말하는 방식으로 표출하고 있다.

4. 자화상과 날개

낭만주의 시인들처럼 비극적 세계관을 견디기 위해 시인이 택하고 있는 '도취'와 '도피'의 방식은 순간적인 자기 위로와 안락을 줄 수는 있어도 현실의 압박을 이겨내는 근본적인 치유책은 되지 못한다. 권준호 시인도 이것을 안다. 시인이 자신을 정면으로 직시하면서, 삶의 본질에 대해 질문을 던지는 것은 이러한 자의식이 발동할 때이다.

살고 있는 거 맞아?
언젠가 살기 위해
대기 중인 거 아냐?

(중략)

스크린 속의 내가
스크린 밖의 나를 찾는다
어둠 속의 내가 보이지 않는지
눈뜬장님처럼 비낀 시선으로 묻는다

내가 나라는 걸
사람들이 알아볼까?

—「권준호 찾기」 부분

호기심에 떠났던 아들이
먼 훗날 돌아와 문득
거울 속에서 발견한 아버지

(중략)

세상 먼지 하얗게 이고
무심한 표정으로
나를 바라보는 나, 아니 아버지

—「자화상」 부분

시인의 영원한 여행
영원한 시인의 여행
원래 존재하지 않았다, 라는 각성이
여행의 두려움을 다독여 줄 수도 있었겠다

(중략)

형은 죽지 않았고
나는 살고 있지 않다
우리는 존재하였고

존재할 수도 없었다

—「존재를 증명하는 한 방식」 부분

「권준호 찾기」와 「자화상」은 시인이 자신의 본래면목을 찾기 위해 자신을 직시하고 있음을 보여준다. 「권준호 찾기」는 앞에서도 인용한 바 있는 다른 '극장시'들과 달리 '나'를 찾는 것에 주안점이 놓여 있다. 이때 극장은 '도피'로서의 공간이 아니라, 마치 깊은 산 속의 '선방禪房'과도 같은 종교적 공간으로 변모된다. 「자화상」 역시 거울을 들여다보다 자신의 모습 속에서 '아버지'의 모습을 발견한다는 점에서 자신의 본래면목을 찾아가는 시라고 할 수 있다.

「존재를 증명하는 한 방식」은 앞서 인용한 「소양로 1969」, 「유정, 이정」, 「춘천같이 슬픈」 등의 시들에서도 등장하는 진이정의 시를 인용하며 존재의 본질을 묻고 있는 작품이다. 시인은 앞에서 보았듯이 여러 편의 시를 통해 진이정에 대한 각별한 관심과 유대감을 표하고 있는데, 그것은 아마도 고향과 세대를 공유한 비슷한 연배(권준호 1962년생, 진이정 1959년생)의 시인이라는 점과, 진이정이 겪고, 표현한 아수라의 현실 세계와 존재의 각성에 대해 공감하는 바가 컸기 때문일 것이다. 진이정의 시 「아트만의 나날들」을 인용하고 있는 이 작품도 진이정이 던졌던 질문의 연장선상에 있다.

나라는 존재의 본래면목을 찾아 나서고, 존재 자체에 대한 각성도 함께 꾀하고 있음을 보여주는 위의 작품들은, 시인이 단지 비극적 세계관에 함몰되지 않고 부단히 현실 세계와 싸우면서 앞으로 나아가고 있음을 증명해 준다. 시인이 "여행의 멀미가 심해진다/돌아가고 싶다"(「이 별은 멀미가 심해」)고 말하면서도, "봄을 피워낼 날개들이/어둠 끝에서 내려오고 있었다"(「검은 날개」), "끝내 봄을 피워낼 자리에 앉은/추운 날개들이 따스하다"(「하얀 날개」), "봄을 피워낼 날개들이/내게도 스며든 것일까"(「빨간 날개」)라고 끊임없이 '날개'를 노래하는 것도 이를 잘 보여준다.

때로는 도취와 도피의 방식으로, 때로는 나의 본래면목을 찾아가는 방식으로 비극적 세계관을 견디며 현실과 싸워 나가는 이번 시집은, "나도 한 점, 섬"(「춘천, 섬」)이 되는 춘천에서 "빈 우주 한 복판에 오줌을 내갈기며/한참을 비틀"(「덩그러니」) 거리는 모습을 정직하게 그려냈다는 점에서 가장 큰 매력을 발산한다.

혼자가 가장 완벽하고 아름답지만
혼자가 아니어도 꽤 좋은 시간

1판 1쇄 인쇄 2018년 10월 10일
1판 1쇄 발행 2018년 10월 20일

지은이 권준호
발행인 윤미소
발행처 ㈜달아실출판사

책임편집 박제영
디자인 이화연
마케팅 배상휘

주소 강원도 춘천시 춘천로 17번길 37, 9층
전화 033-241-7661
팩스 033-241-7662
이메일 dalasilmoongo@naver.com
출판등록 2016년 12월 30일 제494호

ISBN 979-11-88710-21-8 03810

* 이 도서의 국립중앙도서관 출판예정도서목록(CIP)은 서지정보유통지원시스템 홈페이지(http://seoji.nl.go.kr)와 국가자료공동목록시스템(http://www.nl.go.kr/kolisnet)에서 이용하실 수 있습니다. (CIP제어번호: CIP2018027145)
* 잘못된 책은 구입한 곳에서 바꿔드립니다.
* 이 시집은 강원도, 강원문화재단 후원으로 발간되었습니다.
* 책값은 뒤표지에 표시되어 있습니다.